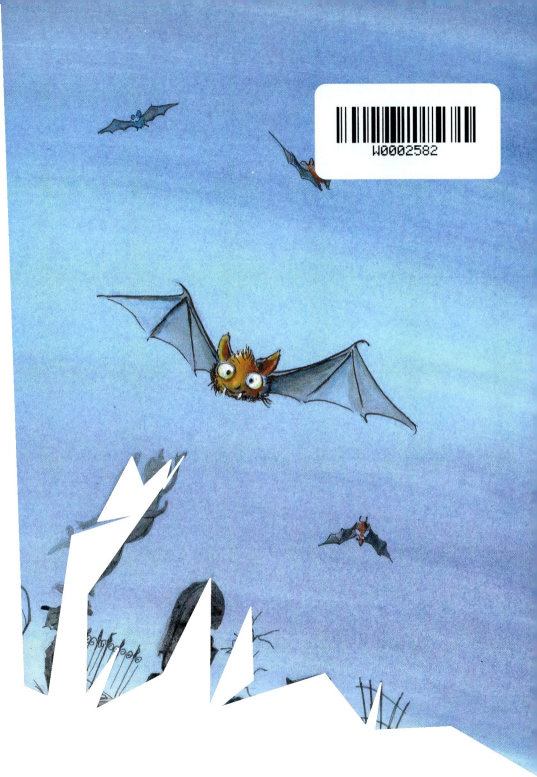

Liebe Eltern,

jedes Kind ist anders. Darum muss sich die konzeptionelle Entwicklung von Lesetexten für Kinder unbedingt an den besonderen Lernentwicklungen des einzelnen Kindes orientieren. Wir haben deshalb für unser Bücherbär-Erstleseprogramm 5 Lesestufen entwickelt, die aufeinander aufbauen. Sie entsprechen den Fähigkeiten, die notwendig sind, um das Buch zu (er-)lesen und zu verstehen. Allein das Schuljahr eines Kindes kann darüber nur wenig aussagen.

Welche Bücher für Ihr Kind geeignet sind, sehen Sie in der Übersicht auf der Buchrückseite.

Unser Erstleseprogramm holt die unterschiedlich entwickelten Kinder dort ab, wo sie sind. So gewinnen sie Lesespaß von Anfang an – hoffentlich ein Leben lang.

Prof. Dr. Peter Conrady
*Hochschullehrer an der Universität Dortmund
und Erfinder des Leselern-Stufenkonzepts*

Dieses Buch gehört:

_____

Ulrike Kaup

wurde in Gütersloh geboren. Sie studierte Germanistik und Sozialwissenschaften in Münster. Danach ging sie ins Ausland und lebte unter anderem ein halbes Jahr in Australien. Sie ist Realschullehrerin und schreibt Kinderbücher.

Mechthild Weiling-Bäcker

studierte an der Fachhochschule für Design in Münster. Seit 2000 arbeitet sie als freie Illustratorin für verschiedene Verlage. Sie lebt mit ihrer Familie in Münster.

Ulrike Kaup

Vampirgeschichten

Mit Fragen zum Leseverständnis

Mit Bildern von Mechthild Weiling-Bäcker

In neuer Rechtschreibung

1. Auflage 2008
© Arena Verlag GmbH, Würzburg 2008
Alle Rechte vorbehalten
Einband und Illustrationen: Mechthild Weiling-Bäcker
Gesamtherstellung: Westermann Druck Zwickau GmbH
ISBN 978-3-401-09317-8

www.arena-verlag.de

Inhalt

Pira zieht um	10
Diebe nicht erwünscht	15
Ein Ausflug zu Pira	20
Wölkchen in Not	28
Ein aufregendes Fest	35
Lösungen	43

Pira zieht um

Heller Mondschein
fällt in das Fenster
der alten Kapelle.
„Zeit zum Aufstehen",
ruft Pauls Mutter.
Dabei ist Paul schon lange wach.
Heute muss ihn keiner
aus dem Sarg werfen.
Seine Freundin Pira zieht nämlich um.
Ins Schlosshotel.
Zwei Vampirfamilien sind zu viel
für eine alte Kapelle,
die fast zusammenfällt.

Paul ist richtig traurig.
Wer spielt denn jetzt
mit ihm Verstecken
hinter den Grabsteinen?
Und Eulenärgern
oder Gräberspringen?

Paul muss Pira
unbedingt noch einmal sehen.
Schnell feilt er sich die Eckzähne,
wirft den Umhang um und fliegt los.
Direkt zum Grab
mit dem Marmorengel.
Dort wartet Pira schon auf Paul.
Grottengrün funkeln ihre Augen
im bleichen Gesicht.
„Für dich", sagt sie ernst.
Vorsichtig setzt sie
etwas Zappeliges
in Pauls Hände.
Es ist
eine junge Fledermaus.

„Sie heißt Luna",
erklärt Pira.
„Und sie kennt den Weg
zum Schlosshotel.
Ihr beide müsst mich
bald besuchen.
Auf Wiedersehen!"

Paul und Luna schauen zu,
wie Pira langsam
in der Dunkelheit verschwindet.
Luna fühlt sich
wunderbar warm an.
Und sie riecht
ein bisschen wie Pira:
nach Weihrauch und Blutorangen.

☞ Welche Spiele spielt Paul gern?

Diebe nicht erwünscht

In einem Affentempo fliegt Luna
in die Kapelle
und ruft ganz außer Atem:
„Paul, Paul, da draußen
sind Einbrecher!"
Vor Schreck verschüttet Paul
seine Blutkonserve.
Er war gerade beim Frühstück.

„Bei Draculas Eckzahn!",
ruft Paul.
„273 Jahre war kein Mensch mehr
in dieser Kapelle.
Wer wagt es jetzt, sie zu betreten?"
„Die wollen den Schatz klauen!",
flüstert Luna.
„Du musst sie beißen, Paul!"
„Das geht nicht", antwortet Paul.
„Ich kann Einbrecher nicht riechen!
Das habe ich von Mama geerbt."
„Aber erschrecken kannst du sie",
drängelt Luna.
Erschrecken –
das ist Pauls Spezialität!
In Windeseile schiebt er
die Schatztruhe
neben seinen Sarg.

Dann legt er sich in den Sarg.
„Luna", flüstert Paul,
„pack jetzt das Glitzerzeug
auf mich drauf!
Nur die Kreuze nicht!
Sonst wird mir übel."
Vampire hassen Kreuze.
Davon fallen sie in Ohnmacht.
Luna muss sich beeilen.

Die Einbrecher sind gleich da.
Schon öffnen sie
die schwere Eichentür.
Im Schein der Taschenlampe
funkeln die schönsten Dinge.
Goldene Kerzenhalter,
Teller und Becher,
mit Edelsteinen besetzt,
und unzählige Münzen.
Gierig wühlen die Einbrecher
mit beiden Händen im Sarg herum.
Darauf hat Paul nur gewartet.
Mit einem Satz springt er hoch
und ruft mit grollender Stimme:
„Wer wagt es, Paul, den Vampir,
zu stören?"
Auf der Stelle lassen die Einbrecher
Gold und Silber fallen.

Schreiend ergreifen sie die Flucht.
"Sofort Fenster auf und lüften!",
ruft Paul erleichtert.
Und Luna lacht:
"Im Gräberspringen
sind die gar nicht so schlecht!"

☞ Warum kann Paul
   die Einbrecher nicht beißen?

Ein Ausflug zu Pira

Paul freut sich.
Gleich wird er mit Luna
seine Freundin Pira besuchen.
In der neuen Gruft.
Er packt gerade das Geschenk ein:
eine Blutorange.
Das ist Piras Lieblingsduft.
Sieben Tropfen tupft sie
jede Nacht auf ihr Haar.
Paul und Luna
müssen lange fliegen,
ehe sie am Ziel sind.

Das Schlosshotel ist riesengroß.
Pira erwartet sie schon.
„Überraschung", ruft sie
und springt lachend
hinter einem Baum hervor.
Alle freuen sich.
Paul und Luna wollen gleich
das Schloss besichtigen.
Pira fliegt vor.
An der Ahnengalerie vorbei
und an der Bibliothek,
am Festsaal und an der Küche.
Plötzlich hält Paul an.
„Hier riecht's doch
nach Blutwurst!", sagt er.
„Das kommt
aus der Speisekammer",
erklärt Pira.

Schon schlüpft sie durch die Tür,
und Paul schlüpft hinterher.
Pira schnappt sich eine Blutwurst
und versteckt sie
unter ihrem Umhang.
Da knallt auf einmal die Tür zu!
Jemand schließt ab,
und eine schreckliche Stimme ertönt:
„Hab ich euch endlich,
ihr Blutsauger!"

Pira wird noch bleicher.
„Das war der Koch", flüstert sie.
„Luna muss uns befreien!"
Aufgeregt flattert Luna
vor der Tür herum.
Immer wieder versucht sie,
den Schlüssel zu drehen.
Vergeblich.

„Zieh ihn raus, und wirf ihn
durch das Fenster", ruft Paul.
„Beeil dich!"
Das ist gar nicht so einfach
für eine Fledermaus.
Luna muss kräftig
mit den Krallen ziehen
und noch kräftiger
mit den Flügeln flattern! Endlich!
Der Schlüssel fällt klirrend zu Boden.
Auf Luna ist Verlass.
Jetzt muss sie den Schlüssel
nur noch durch die Gitterstäbe werfen.
Er landet direkt vor Piras Füßen.
Gut gemacht, Luna!
In Windeseile schließt Pira die Tür auf.
Und die drei Freunde können endlich
zu Piras Gruft fliegen.

Paul ist begeistert
von Piras neuem Zuhause.
„Grottencool hier",
sagt er bewundernd.
Sie setzen sich um Piras Sarg
und lassen sich
die Blutwurst schmecken.

Erst im Morgengrauen
legen sie sich hin.
Paul darf in den Gästesarg.
„Schade, dass ihr morgen Nacht
zurückfliegen müsst",
sagt Pira bedauernd.
„Sei nicht traurig", tröstet sie Paul.
„Bei Vollmond kommen wir wieder.
Und dann denken wir uns
einen neuen Streich aus,
nicht wahr, Luna?"
Aber da ist Luna
schon am Träumen.

☞ Wie gelingt es Paul und Pira,
aus der Speisekammer
zu entkommen?

Wölkchen in Not

Luna mag keine Gewitter.
Vom lauten Donner
wackelt der Himmel,
und grelle Blitze zucken
durch die Dunkelheit.
Es regnet und stürmt so sehr,
dass es durch die Ritzen
der alten Kapelle pfeift.
„Ich fliege heute Nacht
nicht nach draußen!",
sagt Luna ängstlich.
„Ich auch nicht!", sagt Paul.
„Ich bleibe in meinem Sarg liegen
und lese dir etwas Gruseliges vor."
„Oh ja!", ruft Luna
und kuschelt sich an Paul.

„Vor langer, langer Zeit", beginnt Paul,
„da lebte ein Gespenst in einem
prächtigen Schloss . . ."
„Warte mal", sagt Luna plötzlich.
„Da ruft jemand um Hilfe!"
„Du hörst wohl Gespenster!",
sagt Paul und will weiterlesen.
Aber Luna ist sich ganz sicher.
Sie fliegt zum Fenster
und starrt angestrengt
in die Nacht hinaus.
„Da flattert etwas Weißes!
In der dicken Kastanie!"
Jetzt wird Paul neugierig.

Er steht auf und schaut
durch sein Fernglas.
„Ein kleines Gespenst",
sagt Paul überrascht.
„Es kann sich kaum noch
am Ast festhalten."
„Du musst es sofort in Sicherheit
bringen!", sagt Luna.
„Sonst jagt der Wind es ganz weit fort!"

Zum Glück hat Paul gerade die Prüfung
zum Gespenster-Retter gemacht.
Er schwingt sich hinaus
in die stürmische Nacht
und fliegt zur Kastanie.
„Keine Angst, ich rette dich!",
beruhigt er das kleine Wesen.
Dann legt er beide Arme
um das zitternde Gespenst
und fliegt mit ihm zurück zur Kapelle.

„Gut gemacht!",
jubelt Luna
und macht vor Freude
einen Salto.
Das kleine Gespenst
ist auch glücklich.
„Ich heiße Wölkchen", sagt es,
„und bin auf dem Weg
zum Schlosshotel.
Dort soll ich morgen spuken.
Auf dem Sommerfest!"
„Aber das ist kein Wetter
für kleine Gespenster",
sagt Paul mit ernstem Gesicht.

„Der Wind hätte dich
auf das Meer hinauswehen können!"
„Dann würdest du vielleicht
auf einem Schiff herumgeistern!",
murmelt Luna.
„Oje!", jammert Wölkchen.
„Ich werde doch immer
so schnell seekrank."
„Heute Nacht jedenfalls
bleibst du bei uns",
sagt Paul und legt sich
wieder in den Sarg.
„Und jetzt lese ich endlich
die Gruselgeschichte vor!"

☞ Warum mag Luna
keine Gewitter?

Ein aufregendes Fest

Rund wie ein Pfannkuchen
steht der Mond am Himmel.
Die Luft ist warm,
und ein sanfter Wind
spielt in den Wipfeln der Bäume.
„Ich freue mich so, dass ihr mich
zum Schlossfest begleitet",
sagt Wölkchen erleichtert.
„Wir müssen doch
auf dich aufpassen",
sagt Paul.

„Spuken ist nämlich
gar nicht so einfach,
wie du denkst", sagt Luna.
„Mein Spuk-Lehrer hat gesagt,
dass sich alle Festgäste
so erschrecken müssen,
dass sie aus dem Saal laufen",
sagt Wölkchen.

„Sonst muss ich ein Jahr länger
zur Gespensterschule gehen."
„Das ist ja gruselig!",
sagt Paul und schüttelt sich.
„Ein Jahr länger Hausaufgaben!"

„Ich sehe das Schloss!",
ruft Wölkchen auf einmal.
„Und ich höre Musik!", sagt Luna.

„Da ist ja Pira!", sagt Paul,
als sie schließlich landen.
Pira begrüßt die Freunde
und führt sie zum Festsaal.
„Gleich muss Wölkchen spuken
und die Festgäste mit lautem Geheul
erschrecken", kündigt Luna an.
„Wie soll das bloß gehen?",
fragt sich Paul.
„Die Musik ist viel zu laut.
Die kann kein Gespenst übertönen."

„Dann müssen wir
den Mann an der Musikanlage
ablenken", schlägt Pira vor.
„So kann Wölkchen
die Musik leise stellen
und lautes Geheul anstimmen.
Ich weiß auch schon, wie."
Ohne zu zögern, steuert Pira
auf den Mann an der Musikanlage zu.

„Darf ich Sie um ein Tänzchen bitten?",
flötet sie lächelnd.
Der Mann mustert Pira
von oben bis unten.
„Mega-coole Verkleidung!",
sagt er anerkennend.
„Okay, ein Tänzchen.
Aber nur für diesen Song."
Er folgt Pira auf die Tanzfläche.
Sogleich schwebt Wölkchen
in den Festsaal,
der nur von Kerzen erleuchtet ist.

Das kleine Gespenst
dreht die Musik leise und heult laut los.
Direkt in das Mikrofon der Musikanlage.
Sofort hören die Gäste auf, zu tanzen,
und rennen erschrocken
in den Garten hinaus.
Im gleichen Moment aber
beginnt dort ein buntes Feuerwerk.
„Was für eine tolle Überraschung!",
rufen die Festgäste.
Im Schein der Lichtfontänen
erholen sie sich schnell
von dem Gespenster-Spuk.

Und Wölkchen?
Wölkchen ist stolz und glücklich.
„Bleib doch hier bei mir
im Schlosshotel!", schlägt Pira vor.
„Zu zweit ist das Spuken
viel, viel lustiger."
„Und beim nächsten Vollmond
machen wir ein Wettfliegen!", sagt Paul.
„Nur, wenn ich gewinne!",
fügt Luna hinzu.
Da lachen alle.

☞ Wie reagieren
die Festgäste,
als Wölkchen
ins Mikrofon heult?

Lösungen

Pira zieht um
Paul spielt gern Verstecken hinter den Grabsteinen,
Eulenärgern und Gräberspringen.

Diebe nicht erwünscht
Paul kann die Einbrecher nicht riechen.
Das hat er von seiner Mutter geerbt.

Ein Ausflug zu Pira
Luna zieht von außen den Schlüssel aus der Tür
und wirft ihn durch das Fenster in die Speisekammer.
So kann Pira die Tür aufschließen.

Wölkchen in Not
Luna mag keine Gewitter, weil der Himmel
vom lauten Donner wackelt und weil grelle Blitze
durch die Dunkelheit zucken.

Ein aufregendes Fest
Die Gäste hören auf, zu tanzen,
und rennen erschrocken in den Garten hinaus.

Eine Auswahl aus dem lieferbaren Programm:

Christina Koenig, Prinzessinnengeschichten
Sibylle Rieckhoff, Monstergeschichten
Volkmar Röhrig, Delfingeschichten
Christina Koenig, Zauberschloss-Geschichten
Nortrud Boge-Erli, Flaschengeist-Geschichten
Ulrike Kaup, Vampirgeschichten
Ulrike Kaup, Drachengeschichten
Ulrike Kaup, Schulgeschichten
Manfred Mai, Abenteuergeschichten
Ulrike Kaup, Hexengeschichten
Sabine Jörg, Detektivgeschichten
Ulrike Kaup, Pferdegeschichten
Volkmar Röhrig, Fußballgeschichten
Insa Bauer, Rittergeschichten
Nina Schindler, Elfengeschichten
Ingrid Kellner, Dinogeschichten

Arena

Jeder Band:
48 Seiten. Gebunden. Ab 6 Jahren.
Mit Bücherbärfigur am Lesebändchen.

www.arena-verlag.de